本書插畫家
為瑞復益智中心
一名學員所創作

慢漫
小畫室

This Book
Belongs To

‒‒‒‒‒‒‒‒‒‒‒‒‒‒‒‒‒‒

‒‒‒‒‒‒‒‒‒‒‒‒‒‒‒‒‒‒

‒‒‒‒‒‒‒‒‒‒‒‒‒‒‒‒‒‒

STORY

尋找神秘的形狀王國

距離臺南市區不遠處的漁光島，島上有個被"鎖鏈結界"隱藏起來的神秘國度叫「形狀王國」，傳說裡面住著擁有神奇魔力的三鯤鯓後人，但沒有人真的見過那裡的人。

而要進入形狀王國，首先要集合擁有同樣能量的人，才能解開被神秘防護罩隱藏起來的入口。到底形狀王國裡有著什麼我們意想不到的奇特景象與神奇魔法呢？就讓我們跟著藍奇，一起踏上尋找神秘形狀的冒險旅程吧！

傳說中的神秘鎖鏈：

北方有個村落叫做完美國，在完美國裡所有的形狀都是方正且黃金比例的幾何形，完美國裡的一切看起來都很美好，直到一個長得有點特殊的三角形出現...這個特殊的三角形叫做「藍奇」，但周圍的人都叫他「藍奇怪」，因爲藍奇長得完全不像完美國裡的人，因此大家總是不斷地嘲笑他，這讓藍奇感到很難過，但藍奇身上卻擁有一種特殊能力是完美國裡人民沒有的...

有一天藍奇從村裡的長老那得知，遙遠的南方「漁光島」，島上有個叫「形狀王國」的地方，聽說那裡的人也跟藍奇一樣長得很特殊。藍奇心想：「這樣我生活在那邊，就不會有人叫我藍奇怪了吧！」

而村裡的長老也想起了一件寶物，他爺爺遺留了一張如何前往漁光島的地圖，只是地圖上的形狀王國被一條長長的鎖鏈結界隱藏起來了，以前的村民曾經前往想解開鎖鏈，但是怎麼試都無法解開，於是藍奇鼓起勇氣獲得長老協助拿到地圖後，從此踏上尋找「形狀王國」的冒險旅程...

STORYBOARD

1. 藍奇的神秘力量：嘟嘟俠

出發走了一段路後，藍奇在空曠的草原上，找不到可以休息、遮陽的地方，心裡想著，如果可以變出一朵跟房子一樣大的大香菇就好了，藍奇邊說邊在地圖的背面畫了一朵大香菇，這時候神奇的事情發生...

2. 最酷的朋友：達達虎的現身

此時前面有個怪物跳出來，充滿壓迫感.....他們才驚覺「原來這就是傳說中會吃人的老虎」，啊!!!啊!!! 要逃跑的當下，老虎用低沈的聲音說話了：「咳咳，你們是要去形狀王國嗎？」藍奇與嘟嘟嚇得說：「呃.....是....請你不要吃我.....」

3. 解鎖形狀王國

藍奇：你們看，這裡真的有跟地圖上一模一樣的鎖鏈結界耶！聽說要集合起擁有同樣能量的人才能解開鎖鏈，問題是我們要去哪裡找到這些能量之人，才能看見被神秘能量防護罩隱藏起來的形狀王國呢...

4. 形狀國王 Bule King

一位戴著彩色面具的男人走了過來，他身上有著一對翅膀，原來他是形狀王國的領導者，也是這裡唯一擁有特殊能力的人。藍奇一行人發現形狀王國的每個生命都很有自己的特色，有各種色彩也有數不清的特殊形狀...

形狀王國

藍奇的漁光冒險

Yuguang
Island

遙遠的北方，有個完美國

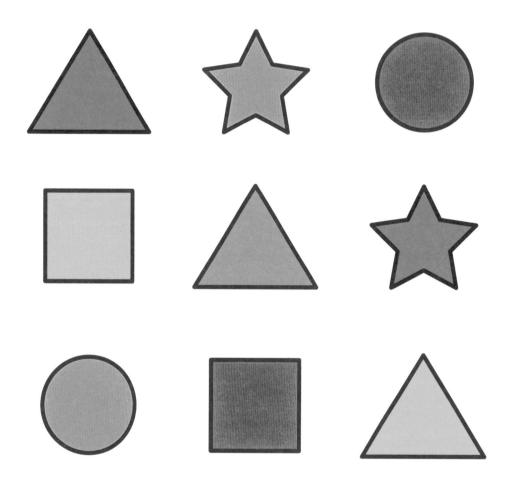

完美國裡，每個形狀都很整齊
除了我之外.......

我叫藍奇，
但這邊的人
都叫我

怪奇藍藍

而我聽說....
南方有個地方叫做「漁光島」
島上有個「形狀王國」

我想去那邊看看

得到長老給的地圖後

藍奇出發了——

偷偷告訴你
我有個特殊能力

就是我畫的東西
會變成真的！

你不信？看看這個吧

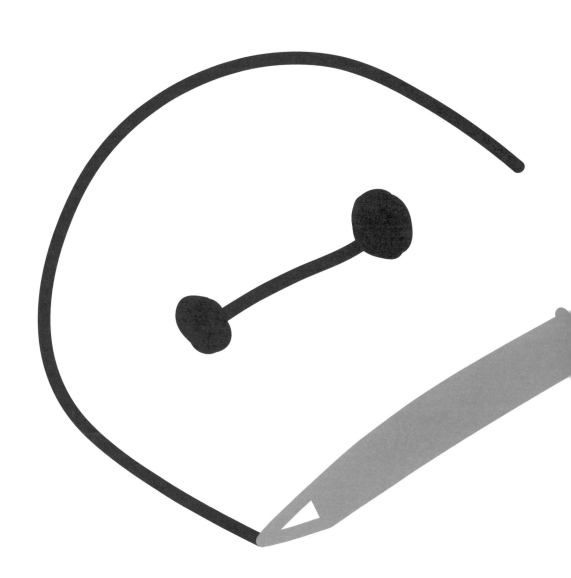

Boo!

看吧～
跑出一個忍者了!

一個人我會怕
這樣就有人保護我
冒險的路上也不孤單了
你就叫嘟嘟俠吧!

藍奇，別怕
我會一路上跟著你的

但聽說....

聽說什麼呢？

聽說形狀王國
在漁光島的森林裡

而森林裡有隻
會吃人的老虎
我們得快點通過那裡

沒問題！
別忘了我有特殊能力
我會用畫畫打敗他的
走吧！

藍奇看起來信心十足

步行幾天後
藍奇他們看到
一座森林

————————————————

這就是「漁光島」嗎？
眞漂亮

好像快到了

好多可愛的形狀喔

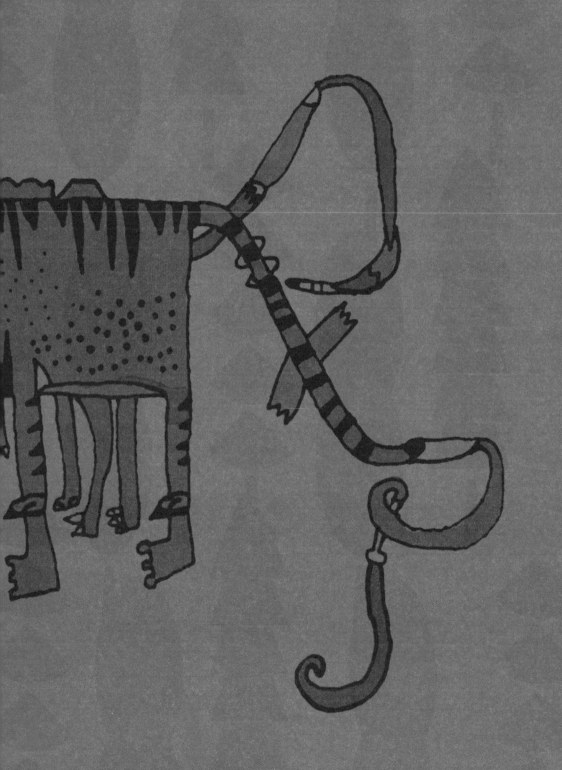

等等..!
森林裡
好像有什麼
東西在動？

是鳥？

是老鼠？

是飛機？

還是.....

吼喔喔

是老虎！ 啊!!!啊!!!快逃阿

No!!

藍奇來不及畫圖

旅程難道就
到此為止了嗎？

有什麼圖案可以阻止老虎啊
請幫藍奇一起想！

這裡有好多形狀
用你的超能力畫出形狀精靈
幫幫藍奇吧！

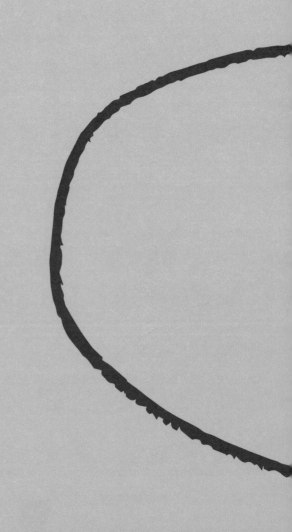

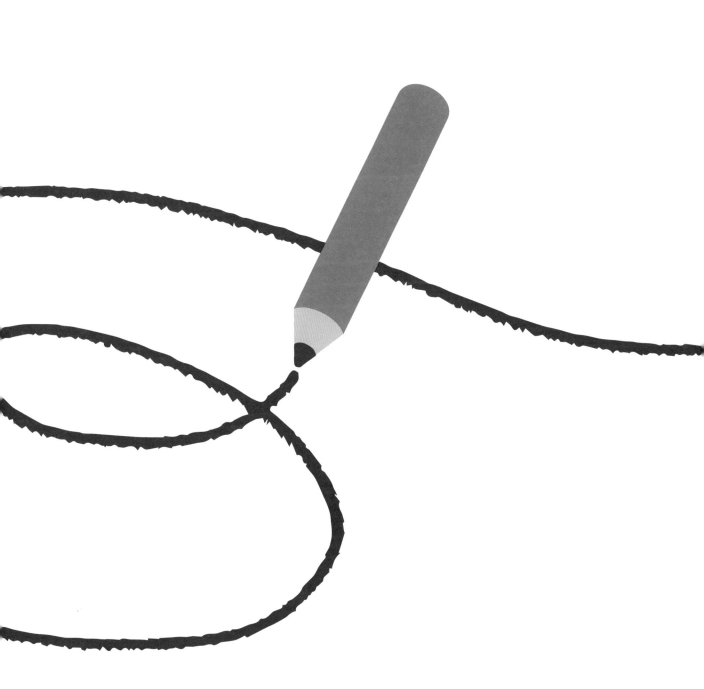

是...是的
拜託別吃我們

老虎緩緩向他們靠近

你們是不是要去
形狀王國？

你沒有要吃我們嗎？

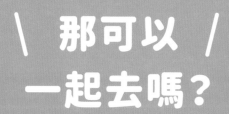

那可以
一起去嗎？

大家都說你是吃人的老虎

難怪沒人
要跟我組隊....

誤會大了
我只是比較大隻

我可是吃素的呢....

原來如此

那就一起走吧

太好了！

這時
森林裡的鎖鏈
發出聲音

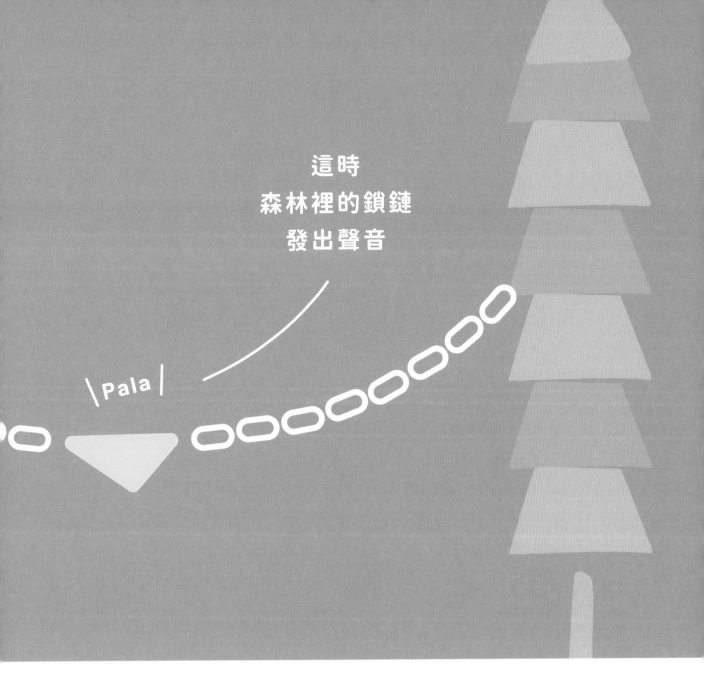

\Pala\

你們看!
這裡真的有跟地圖上
一模一樣的鎖鏈結界!

此時

後面的鎖頭

居然開了

原來
3個人組隊
————
是進入
漁光島的條件

這時出現一扇門
門中有個三角形的洞

原來是形狀王國
大門的缺口

———

\放上去吧/

Klong!
大門打開了

哇～～～

歡迎來到形狀王國

這裡的大家都好特別

我不覺得自己奇怪了耶

好久沒有人來了

聽說外面有老虎....

此時一位戴著
彩色面具的男人走過來
他身上有一對翅膀

""

你們好
我是形狀國的國王

\ 參見陛下 /

國王陛下

我們是從北方來的

在森林裡遇見了達達虎

然後鎖鏈就開了...

嘟嘟俠滔滔不絕地
說著冒險路上發生的事

這裡真是太棒了
我們可以住在這邊嗎？

叫我達達虎啦！
我真的一點都不兇喔～

嘿！國王陛下

我的畫
都會變真的東西

也讓我留下來吧

畫出來
會變成真的？

我的兒子
也有一樣的能力

只是15年前
他在北方的完美國走失了

他叫藍奇

你們有聽過這名字嗎？

我...
就是藍奇

原來藍奇
是形狀國的王子

藍奇從達達虎身後
緩緩地走向前...

藍奇終於
回到家了

\與其他小夥伴/
在形狀王國展開了
全新的生活

冒險結束後的藍奇、嘟嘟俠、達達虎
終於來到他們夢想的國度
而藍奇也回到屬於他的家

對形狀王國的事物充滿好奇的他們
未來在漁光島上的生活會是什麼樣子？

而藍奇擁有的特殊能力
又會爲形狀王國帶來什麼新鮮的事呢？

未完待續...

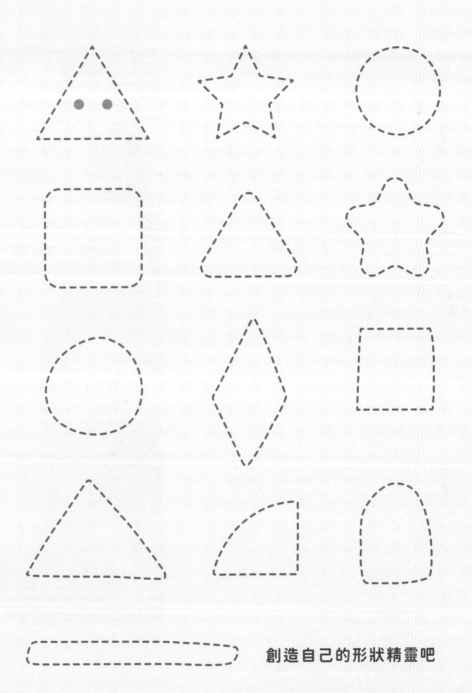

創造自己的形狀精靈吧

眞實存在的

形狀王國

臺南安平漁光島
瑞復益智中心

形狀王國
創作初衷

One Little Thing

作一件小事，成就他們人生中的一件大事。

106年開始，由三個沒有特教背景的美術老師、就業輔導老師、商業設計師，認眞規劃一系列藝術療育課程，爲瑞復益智中心的智靑上課，OLT想積極嘗試更多元、具發展性的融合教育方式，辦理共融性質的社區活動，不只是學畫畫，目的要培育學員參與社區的能力。

美國藝術治療協會(AATA)對藝術治療的定義是:「藝術治療提供了非語言的表達和溝通機會。藝術治療運用藝術媒介、創造性藝術活動和個體對作品的反應，來呈現個體的發展、能力、人格和興趣等。」自閉症在表達情感上有障礙，尤其是無法透過言語表達的方式，透過藝術創作，讓有這樣困擾的個體能自在地表現出來。

本書的圖畫創作者阿翰，是一個不喜愛言語表達的男孩，但他會用眼神與你交流關懷、主動走近你身旁表示好奇、也會哼著沒有歌詞的旋律一起開心畫畫；阿翰讓我們明白，有時候沒說出的不代表不懂，有些明白放在心裡無需語言，每一件圖畫與手寫字、每一筆顏色與形狀、每一個線條與組合，比語言更眞實。特殊的孩子不特殊，你看見的、他也看見，只是用不同的方式呈現。

藝術可以療癒，也能療育。希望這本繪本觸發我們用更寬闊的心去解讀不一樣的表現，去思索在文字未發明前最美好的互動，攜手促進共融社會。

給大人的話

**擁有一顆眞誠的赤子之心 是成熟後生命珍貴的禮物
透過不同生命故事的啟發 送給自己超乎想像的能力**

想像與創造的美好感知：
每個孩子的童年都有一個美好的故事陪伴成長。我們希望藉由阿翰自由創作的美好力量，加上各方專業團隊投入來完整的故事軸線發展，讓孩子透過繪本的閱讀和生動的故事描繪，帶給孩子對於內心美好感知的啟發，在成長的旅途中開啟無限的想像力、創造力，和對美好事物的感知力。

同理心：
企劃形狀王國的故事軸線時，我們不斷地在大人與孩子的視角間來回轉換，期盼身爲大人的我們能回歸童心去看世界萬物，進而同理在身邊的每一件事物，也帶給孩子美好的詮釋。而正面的力量，更是我們從瑞復益智中心的孩子身上所感受到的單純美好。期待未來我們不再使用大人所知道的「身心障礙」標籤，去向孩子說明何謂障礙，而是能鼓勵孩子表達、並且尊重自己與他人的「一樣」與「不一樣」。

一起共好：
繪本中的作品有許多皆由數以萬計的顏色和幾何線條組成，看似複雜其實簡單，如同每個人的生命形狀，「一樣」或「不一樣」、「特殊」或「正常」，各自有著獨特的魅力唷！而透過繪本呈現的形狀，不僅能培養孩子學習使用點線面的技巧，完成基本圖形的變化組合，也能允許孩子使用非語言表達情感，打開對生活萬物的美好感知。

未完待續
的美好...

Thank You

這是一本適合各個兒童成長階段閱讀的「想像力」繪本，原創故事的背景眞實存在，以臺南市安平區漁光島作爲生活意象，充滿大自然生態的環境，居住著各式各樣不同形狀的動物，友善且熱情，讀完本書後，也能帶著繪本來到眞實的形狀王國一探究竟喔，在此要特別感謝慢漫小畫室、存在設計團隊、還有瑞復益智中心的老師與學員們，是您們良善與無私付出，才能讓本系列圖書得以用更美好的樣貌被推廣。

- 總策劃 慢漫小畫室 周欣怡

美與善的存在連結

回想這段旅程，很感謝我事業上的夥伴 沈子棨Zila Shen 一直以來對於企業公益的關注與投入，爲我們串起和慢漫小畫室的友善緣分，也感謝存在設計團隊參與形狀王國繪本故事企劃的 Nemo Huang, Nigo Li, Rainie Tsai，彼此願以公益美善的視角與態度，在工作之外用心且無私的投入設計和企劃力量，讓學員的創作擁有了故事與生命，也讓更多人透過溫暖有趣的情境，閱讀這些眞實美好的故事...

我一直在思考關於美的各種定義，設計要做的美、做人要做的美、事情要做的美，到底什麼是美學？什麼又是設計？踏入瑞復益智中心與欣怡相遇的那一刻我們明白了一件事，投入公益設計本身就是心裡富足的一種美好，這就是摸不到、看不見卻眞實存在的內在美。

而我們透過品牌經營、設計專業和企劃的力量，爲這件美好的事情賦予外在合適的樣貌，進而成就形狀王國畫冊的誕生，這是外在的美，也是一種有形且看得見的正向循環，更像一場良善的光合作用。而我們在這個合作和循環的過程，間接得到了生命中的養分，也灌漑了心裡的美好希望，讓我們得以持續向未知的未來前進：）

- 編輯統籌 存在設計 黃于庭

2AB116

形狀王國

Yuguang Island | 藍奇的漁光冒險

繪　　者／楊杰翰　　　　　　視覺策劃／黃于庭 Arvin Huang
文　　字／黃于庭 Arvin Huang　版面編排／李彥樵 Nigo Li
總 策 劃／周欣怡 Ina Chou　　文字協力／黃小茜 Nemo Huang、蔡菀霙 Rainie Tsai
公益統籌／沈子棨 Zila Shen　　編 輯 群／慢漫小畫室、周一設計工作室、存在設計
企劃統籌／黃于庭 Arvin Huang　美術老師／董淑佩
故事企劃／存在設計 Existence Design　監製發行／周欣怡 Ina Chou

出　　版／城邦集團 - 創意市集　　總 編 輯／姚蜀芸
責任編輯／溫淑閔　　　　　　　　副 社 長／黃錫鉉
行銷企劃／辛政遠、楊惠潔　　　　總 經 理／吳濱伶
版面協力／江麗姿　　　　　　　　發 行 人／何飛鵬

發　　行　英屬蓋曼群島商家庭傳媒股份有限公司城邦分公司
　　　　　歡迎光臨城邦讀書花園網址：ww.cite.com.tw

香港發行所　城邦（香港）出版集團有限公司
　　　　　　香港灣仔駱克道 193 號東超商業中心 1 樓
　　　　　　電話：(852) 25086231
　　　　　　傳眞：(852) 25789337
　　　　　　E-mail：hkcite@biznetvigator.com

馬新發行所　城邦（馬新）出版集團 Cite (M) Sdn Bhd
　　　　　　41, Jalan Radin Anum, Bandar Baru Sri Petaling, 57000 Kuala Lumpur, Malaysia.
　　　　　　Tel:(603)90563833
　　　　　　Fax:(603)90576622
　　　　　　Email:services@cite.my

展 售 門 市　台北市民生東路二段 141 號 7 樓
製 版 印 刷　凱林彩印股份有限公司
　　　　　　2023 年 3 月　初版 1 刷
　　　　　　Printed in Taiwan
Ｉ Ｓ Ｂ Ｎ　978-626-7149-07-2
定　　價　380 元

客戶服務中心
地址：10483 台北市中山區民生東路二段 141 號 B1
服務電話：(02) 2500-7718、(02) 2500-7719
服務時間：週一至週五 9：30 ～ 18：00
24 小時傳眞專線：(02) 2500-1990 ～ 3
E-mail：service@readingclub.com.tw

※　媒體合作、作者投稿、讀者意見回饋，請至：
　　FB 粉絲團・http://www.facebook.com/InnoFair
　　Email 信箱・ifbook@hmg.com.tw
※　**關於 | 慢漫小畫室**
　　http://www.olt.com.tw/
　　https://www.facebook.com/slowwalkart/

國家圖書館出版品預行編目 (CIP) 資料

形狀王國 : 藍奇的漁光冒險 = Yuguang Island :
we found a perfect shapes :) / 黃于庭文字 ; 楊杰
翰繪圖 . -- 初版 . -- 臺北市 : 創意市集出版 : 城邦
文化事業股份有限公司發行 , 2023.03
面；　公分

ISBN 978-626-7149-07-2(平裝)

863.599　　　　　　　　　　　　111007954